追殺史蒂文生

文 王文華
圖 李恩

楔子——
社團成果發表日

一股濃煙鋪天蓋地的來，七恰七恰的聲響，彷彿在召喚……

果然，所有的孩子都在喊：「蒸汽火車！蒸汽火車！」

巨大的火車頭，鑽破濃煙，氣勢磅礡的出現。

駕駛火車的是個身強體壯的男人，鬍子整理得很像藝術家，他叫做胡迭香，孩子們喜歡叫他老胡。老胡是學生餐廳負責烤胡椒餅的廚

師。旁邊幫忙拉動汽笛的助手，是煮咖哩雞肉的老闆娘，這列火車全由學生餐廳的廚師操作，他們受老胡之託，來協助推廣「再度神奇桌遊社」，希望能多拉幾個社員入社。

廚師老胡身兼桌遊社指導老師，目前社員只有兩個學生，他得一起努力，不然這個社團不知道明年還在不在呢。

火車頭拉著一節車廂，車廂上有紅布條：「再度神奇桌遊社，歡迎入社。」

火車旁有兩個孩子正在發招生傳單，捲髮小女孩是社長尤瑩嘉，她是可能小學五年級的學生，家裡開桌遊餐廳，復興桌遊社是她目前的使命，她一邊發傳單，一邊盯著車廂牆上的計畫表：

- □ 招募社員：用最經典的十項桌遊，拉人試玩，擴大招募社員。
- □ 借蒸汽火車辦成果發表會。
- □ 長期目標：社員人數，贏過倒數第二名的奇語花織社。

計畫表上有好幾個項目，前幾項大多達標，只剩最後幾樣了。尤瑩嘉在「借蒸汽火車」那個項目打勾，拿起麥克風：「想參加的同學，歡迎上來參觀，我們會有專人幫您做介紹。」

那個「專人」名叫史強生，號稱可能小學歷史最強小學生，他熟悉各國各朝歷史，不過他也是「體強生」和「美強生」——體育和美術他也行。

可能小學的社團成果發表日，他們在蒸汽火車裡展出三D列印的「追殺史蒂文生」桌遊，這款桌遊融入工業革命時代的鐵鏽色彩，加入遊戲與歷史的豐富感，難怪每個孩子一爬上蒸汽火車，都會發出一聲大大的「哇！」

「是桌遊耶！」

「看起來好古老喔！」更多孩子說。

你可能懷疑：為了一場社團成果發表，在校園裡拉出軌道，請蒸汽火車來，這怎麼可能嘛？

喔喔，別忘了，在可能小學裡，沒有不可能的事。

他們曾把阿爾卑斯山帶進校園，也曾帶學生去西伯利亞大草原。

只要課程有需要，不管什麼困難，他們都能想辦法克服。就像今天的「社團成果發表日」，學校將中庭到教學大樓空出來，每個社團都可以布置成自己最想呈現的樣子——「魔法出爐社」設在羅馬尼亞的黑森林中，沒錯！高聳入雲的黑森林是怎麼長出來的，沒人知道，但是，有不少孩子今早遇見森林裡的大野狼，還有人信誓旦旦，說是見到吸血鬼在林子裡遊盪。

黑森林裡有棟烘焙小屋，從透明櫥窗往裡看，有個穿著黑色斗篷的孩子在烤蛋糕。裡頭五層的櫥窗架上，擺滿各種誘人的糕點，不用出國就能享受「羅馬尼亞甜點」。

「女巫化學社」窩在金字塔裡，它的高度比可能博物館高，方尖碑立在金字塔前。扮成阿比努斯的女巫，個個興奮的拿著魔杖衝進衝出，想要玩魔法的孩子太多了，長長的人龍，繞著金字塔一圈圈往上。

金字塔頂有朵不會動的雲，那是女巫化學社集體發功，利用蒸汽凝結成水的過程，再加了一點低溫風暴，就讓那朵雲乖乖待在金字塔上空。

而金字塔裡不斷傳出淒厲的尖叫……

原來是「穿越密室基地逃脫社」，他們借了金字塔玩埃及密室逃脫，無法成功逃脫的同學，正被人面獅身獸追擊，快樂的尖叫聲，從金字塔裡頭傳遍整個校園。

「火星賽車社」把賽車道從一樓鋪到六樓，賽車道仿照火星地形，車手必須在紅色的賽車道上狂飆；「奇語花織社」在巨大的鳥籠裡，用鳥語跟蜂鳥溝通，請蜂鳥織布……

相較其他社團的驚險萬分，這裡的一列蒸汽火車，把學生餐廳廚師找來當駕駛，然後在上頭辦「追殺史蒂文生」的桌遊發表會——尤瑩嘉的計畫真的實現啦！

滿車尖叫興奮的小孩，「再度神奇桌遊社」的社長尤瑩嘉，立刻把入社申請書遞給大家：「還等什麼呢？加入再度神奇桌遊社，體會一起坐在桌邊鬥智的樂趣！」

尤瑩嘉想的是：大家都喜歡蒸汽火車，那些在火車前後左右跟著跑的孩子就是最好的證明，只要加入個一兩位……

「我玩手遊，不玩桌遊。」一個孩子把入社申請單還她。

「我不要！」另一個孩子不拿宣傳單，他開口問史強生手裡那個盒子：「那是什麼？」

「桌遊！」史強生說：「這是我們再度神奇桌遊社的製作成果喔，

全世界第一次展出，而且是在蒸汽火車上發表。」

「你們為什麼找蒸汽火車來？」那孩子問，其他孩子也盯著他。

「蒸汽火車是英國工業革命的代表嘛，而史蒂文生是鐵道之父，是他拉出第一條鐵道，也是他改良蒸汽機，讓火車跑更快嘛，而且，因為……」

可能小學歷史最強小學生，只要一講起歷史就沒完沒了。

「這遊戲為什麼要叫『追殺史蒂文生』？」另一個孩子問。

「因為他是第一個讓蒸汽火車在鐵路上載客的人，導致原來的馬伕就沒工作啦，他們通通饒不了他。」說到歷史，史強生彷彿特別有精神。

「你可以扮演史蒂文生，逃脫其他火車的追擊。」尤瑩嘉幫忙解說桌遊規則：「不過，你也可以擔任其他的火車頭駕駛，想盡辦法鋪設軌道，贏過史蒂文生。」

「想不想玩玩看？」尤瑩嘉手裡的入社申請單，竟然被幾個孩子搶走了：「想！」

史強生有點不解：「你們以前怎麼不來報名桌遊社？」

「因為我們沒想到，玩桌遊可以搭蒸汽火車，可以自己做遊戲，還可以追殺史蒂文生啊！」那幾個

孩子嘻嘻哈哈，不但搶了入社申請書，還跟老胡拿了胡椒餅，乘著火車繞完校園一圈。

坐火車遊校園，怎麼會有胡椒餅可以吃？

嘿！別忘了，老胡可是學生餐廳烤胡椒餅的廚師，蒸汽火車頭有鍋爐，拿來烤胡椒餅剛剛好。

一邊濃煙滾滾，一邊香氣直襲，這是可能小學社團成果發表日才有的喔。

目錄

人物介紹

老胡

學生餐廳烤胡椒餅的廚師，也是夜市兼職賣胡椒餅的大叔，還好他的鬍子修得很有型，不然看起來很像賣豬肉的屠夫。老胡說話像在念饒舌，今年再度被聘為可能小學桌遊社指導老師。

尤瑩嘉

可能小學「再度神奇桌遊社」的社長，家裡經營桌遊餐廳，只要玩遊戲，她每一場都想贏。在她升上可能小學五年級的第一天，她只在乎一件事：加入桌遊社，重新擦亮桌遊社的招牌。

史強生

號稱歷史最強小學生，他也是「體強生」和「美強生」，體育、美術都很強。從小就對歷史著迷，因為歷史社額滿了，在校長的強力介紹下，成了可能小學「再度神奇桌遊社」唯一的社員。

史蒂文生

鐵道之父，他也是改良蒸汽機，讓火車跑更快的人。這回參加雨山機車大賽，如果拿了第一，有能拿到這條火車路線。然而有一群人很生氣，因為火車搶了他們的飯碗，危機來到眼前，史蒂文生卻毫無警覺……

愛立信先生

個子高大，一臉大鬍子的愛立信先生是機器天才，他發明的東西，多得數不完，像是用馬鞭取代拉汽笛的繩子；在鍋爐旁邊掛個小鍋，燉雞、燉鴨、蒸魚、蒸蛋就方便了，至於在火車上加一節餐車，噓，這麼高竿的點子，別讓人抄襲了啊。

布蕾斯太太

一頭金髮，滿臉雀斑，看起來精明能幹，一講起自家的新奇號火車，就像在講她最珍愛的項鍊，她雖沒讀過大學，卻滿嘴火車經，更期待先生能發明什麼，好把「布蕾斯」三個字擺上去呢！

1 工業革命

火車噴出一股濃煙，七恰七恰的聲響終於停了，剩下的白煙遮天蔽地，什麼也看不見，他們正準備收拾桌遊，驀然傳來：

「我一家老小生計怎麼辦？」有個聲音很粗的人說。

「都是史蒂文生的錯。」另一個人說。

「是有人開始在玩桌遊了嗎？」尤瑩嘉覺得奇怪。

「聽說他要去雨山參加大賽，我們只要……」前一個人說。

「太好了，就這麼辦，我絕對不會放過他，我要殺了他。」後一個人說。

聲音粗的那人喊了聲：「噓，別讓人聽見啊……」

史強生心想：講得這麼大聲，怎麼可能沒人聽見，難道這些人玩桌遊玩上癮了，真的想去殺了誰？

他們的聲音感覺越來越遠，史強生自言自語：「史蒂文生是工業革命時代的人，離現在都有一百多年了，這怎麼可能呢？」

蒸汽火車停在可能博物館邊，那是個繞著圍牆，臨時搭建的「ㄇ」字型車庫。火車停進去就沒空間了，可是那兩人的聲音越來越小聲，像是遠得快聽不見了，尤瑩嘉和史強生好奇的跳下火車，走到車頭。他們想，往前應該就是博物館的圍牆了。

沒有！

尤瑩嘉往前走一步，又走一步，喃喃自語：「不可能啊……」

史強生伸手摸索，他很快發現，可能博物館的圍牆應該是被拆除了，他往裡頭走，又走了一段距離，也沒走到盡頭，難怪剛才那兩人消失了。

突然，不知道是誰拉動蒸汽火車的汽笛，嗚嗚嗚嗚的直響，他們回頭，蒸汽火車忽然噴出一團煙，那煙太濃也太強烈，逼得人得閉上眼睛。

「別玩火車啊！」尤瑩嘉大叫。

強風濃煙，這下連呼吸都難，而且煙裡竟然夾著魚腥味。

時間過了有多久？

一秒鐘？十秒鐘，還是十分鐘？

痛苦的時間過得特別慢，尤瑩嘉只能不斷大口大口呼吸，但那煙一陣又一陣，嗆得人吸不到氣，史強生低著頭，他靜靜的等待著，他很有耐心。

這感覺好熟悉，一切總會過去。

一秒鐘，十秒鐘，還是一小時？

風突然停了下來。尤瑩嘉睜開眼睛，前頭有光，亮光讓人心安，她和史強生不由自主跟著那道光走，景物漸漸清晰，最後他們竟走到了戶外。

遠處有山丘，有的綠草如茵，有的林木茂盛，大河蜿蜒而來，河

裡全是載著煤礦的船，一艘接著一艘，直通到他們腳下，穿過橋進入碼頭。

碼頭是數不清的船，它們的桅杆像是森林，一根根矗立，數也數不清，碼頭邊的海水髒兮兮，顏色怪異，散發怪味，還有幾隻海鷗站在垃圾上，發出吵雜的聲音。

碼頭另一邊是街道，很寬闊，人也很多，這裡全是紅磚建築，牆面混雜黑灰，看起來不太自然，就像有人硬抹上黑色顏料。

處處是高大的煙囪。尤瑩嘉只想，這麼多煙囪如果同時冒煙，那一定很可怕。

街道上熙來攘往的，男人女人小孩，都穿著類似的衣服，和他們身上的衣服一樣，是工人裝。那些人低著頭，沉默的走著。中間有很多馬車，有一匹馬拉的、兩匹馬拉的，也有四匹馬拉的車，車上的駕駛揚著馬鞭，催著馬匹往前走，車廂裡的人衣服很乾淨合身，女士身穿禮服，男生都戴高帽。

街尾有個鐘樓，白底黑字的鐘面格外顯眼，有人用一根長竿，沿路把路燈一盞盞給熄了。

史強生對街道上的店家很有興趣，有的賣糖果、訂製皮鞋，還有鏟子店、木桶店、陶瓷或打鐵作坊，還有個店門口站了不少黑人。

「來自非洲的好奴工，擁有健康的身體！」店主拿著馬鞭，指著那些黑人說。

那些黑人無奈的望著他們。

難道可能小學……不對，這裡「絕不可能」是可能小學？

他們回頭，剛剛走出來的地方已經變成一家服裝店，是專門販賣女裝的店。

那種扭曲的時空感又來了，他們曾經去過大航海時代，也到過文藝復興的佛羅倫斯，那這回……

他們看了彼此一眼，果然發現身上的服裝都變了，就跟其他人一樣，穿著工作裝，襯衫和褲子的口袋都很多。

尤瑩嘉想到：「我們要完成什麼任務？」

史強生想起他們的桌遊：「我們得去『追殺史蒂文生』。」

「殺人？這是什麼課程啊？」尤瑩嘉快昏倒了。

「或者我們的任務是要去『解救』史蒂文生。」史強生猜。

「像我們去拯救路易十六那樣？」尤瑩嘉不相信：「這個『追殺史蒂文生』是我們自製的桌遊，它應該不會有穿越時空的功能啊！」

他們曾經歷一場大冒險，回到法國大革命，參與路易十六的逃命計畫，尤瑩嘉望著街上的人：「而且，誰是凶手呢？難道是剛才談話的那兩個人？但他們又是誰啊？」

「我們難得來，先觀察再說吧！」史強生喜歡歷史，這個時代雖然四處都是一片黑，黑禮服，黑禮帽，黑色馬車和黑色的船，還有煙囪不斷飄出的黑煙，雖然他弄不懂自己來到這裡的原因，但是可以在這裡走走，他喜歡。

幾個穿著藍色服裝的人，就在工廠門口，討論什麼動力織布機：

「這是倫敦剛發明的，比原來的速度提升百分之三十。」另一邊的機器聲音特別吵，有兩個技師必須用最大的聲音吼：「這臺亞歷壓制機真是好傢伙。」

尤瑩受不了這臺「好傢伙」，拉著史強生躲到另一邊，她只想快點完成任務，碼頭的氣味，她受不了。

她還沒摀上耳朵，噹噹噹

噹，遠遠近近的傳來一片鐘聲。

「七點了，七點了。」紅磚工廠裡裡外外，都有人喊著：「上工了，上工了！」

剎那間，人們加快腳步鑽進工廠裡，繁忙的大街變得空空盪盪。

馬車不見了，工人不見了，彷彿有隻無形的手，把所有人都抓進那些建築裡，原本安靜的大煙囪，開始噴出一團團黑煙。隆隆隆，嘰嘰嘰的聲音，同時從那些紅磚建築裡傳來。

它們是各式各樣的機器，上上下下不停的搗動，就像一頭可憐的大象，被迫關在那裡，只能不停的把鼻子舉高放低，有幾間像工廠的建築物，甚至竄出高達數公尺的火舌。

尤瑩嘉忍不住捏住鼻子：「你說，我們現在來到什麼時代啊，這麼多霧霾？」

「如果我沒猜錯，我們應該是到了工業時代的英國！」史強生興奮的說。

工業時期的童工生活

比頭士陶瓷廠徵童工！

時間就是金錢，快來報名！

五歲即可報名
全利物浦對孩子最好的雇主

我們保證：• 每週只工作六天 • 每天只工作十四個鐘頭

薪酬：一天一個便士

養成儲蓄的好習慣，五天就能買一雙襪子！

註：受傷不能請病假，工傷請自己付醫藥費，工作時務必要小心自身安全喔！

讀第二章故事之前，從這張徵人海報內容中想一想，你覺得工業時期的童工一日生活樣貌是怎麼樣呢？

____

____

____

____

如果你生於工業時期的英國，你會想去應徵童工嗎？理由是什麼？

____

____

____

____

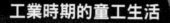

2 時間就是金錢

他們站的街邊有家賣煤的零售店，店門口有不少煤炭，一堆一堆。這家店裡裡外外都被煤弄得烏漆抹黑，只有在外牆，勉強留下一絲紅磚本色。

幾輛拖著煤的馬車就在路邊等著，四個髒兮兮的小孩赤腳，手裡拿著鏟子，幫忙鏟煤。那些孩子年紀不會超過十歲吧，年紀小的可能

只有七、八歲，他們身上都是煤灰，連頭髮的原本顏色都看不出來，其中一個小男孩少了根指頭。他們要是工作慢了些，煤堆邊有個男人就出聲斥責。

這男人發現尤瑩嘉和史強生。

他的衣服雖然有點髒，但人看起來其實還乾淨，只是這人嘴唇薄，皺紋多，好像受了多大苦難似的。

他對尤瑩嘉說：「你們兩個在找工作嗎？」

「啊？」史強生和尤瑩嘉覺得奇怪，「什麼工作？我們是學生。」

「你們沒聽過時間就是金錢嗎？」這人從口袋掏出一個懷錶來：「在這個時代，怎麼會有你們這樣浪費時間的小孩？」

從來沒人說史強生浪費時間，他問：「這個時代的小孩，應該做

什麼事？」

「到我的礦坑來工作吧！你是男孩，可以幫忙拉煤車，至於你嘛……」這個礦坑老闆走過來，仔細看看尤瑩嘉：「你的個子小，礦坑裡的活不少，要鑽進礦車底下修好機器，就需要身材嬌小的人。」

「你讓我們去採煤礦？」尤瑩嘉退後一步，在煤堆上的孩子們說：「一天只有工作十六個小時，老闆還會大方的給三片麵包吃。」

尤瑩嘉又退了一步：「工作十六個小時？」

礦坑老闆自傲的說：「別的礦坑工作太辛苦，他們的工人要做滿十八個小時。我們的礦坑裡，採用瓦特那種蒸汽機，坑裡的積水，全都吸得乾乾淨淨，簡直比他們睡覺的床還要乾爽。」

「是睡在『煤炭』上喔。」那些孩子開口說話，卻惹得老闆不開

心，大聲吼著要他們快工作，別想偷懶。

有個胖婦人經過，她穿的裙子蓬蓬的，一聽他們在找工作，她立刻拉著尤瑩嘉，要她別理那老闆：「找工作，還是來我們店裡吧！」

這個婦人走得飛快，她的裙子像朵雲，飄進店裡。

店裡擺滿了大大小小的陶瓷器，大的像水缸，小的像杯子。商店後頭就是工廠，好多、好多人在那裡工作，有大人，有小孩，他們都低著頭，有的幫陶器上色，有的將泥水灌進模子裡。

史強生對美術有興趣，他喜歡這家工廠的成品，才想伸手去拿，那婦人卻連忙抓住他的手。

「別碰別碰，弄壞一個，你要做一年工來賠。」

「一年？」尤瑩嘉問她：「這裡的工資怎麼算？」

「我敢說，整個利物浦找不到像我這麼好心的雇主了，小童工一天只工作十四個小時，我給一個便士，還供兩餐，有麵包有番茄湯，睡覺還有張床，床上有張被子。你們要知道，槳聲街上都是吃不飽的人，能在我這兒工作的孩子們，你們瞧瞧他們，有多快活。」

她說到這兒，特地停了一下，所有的孩子停下工作，齊聲喊著：

「謝謝陶樂絲夫人。」

「時間就是金錢，你們這群小鬼，別趁機偷懶。」陶樂絲夫人一說，全場的孩子連忙低下頭，繼續工作。

尤瑩嘉的腦袋開始運作了，她比較想知道：「一天一便士，要工作十四個小時，一便士能買什麼呢？」

「一便士，好多啊，你可以買一磅的麵包，如果你懂得量入為出，」陶樂絲太太俯下身來，盯著她：「存五天，湊個五便士，你就能買雙襪子。」

「五天只能買雙襪子，你這裡是血汗工廠，壓榨童工。」尤瑩嘉覺得很氣憤：「兒童福利局的人沒來檢查嗎？」

「他們應該心懷感激，和其他工廠相比，我們比頭士陶瓷廠簡直是福利企業。你們究竟想不想留下來工作？時間就是金錢，後頭還有其他孩子想來應徵工作呢。」

「不想！」尤瑩嘉怒氣沖沖：「這裡是黑心企業。」

陶樂絲夫人沒理會她，因為他們後面有好幾個孩子伸長手：「選我、選我、選我、選我。」

史強生勸尤瑩嘉別生氣：「也許這個時代的小孩，過的就是這種生活。」

他們離開陶瓷廠，快走到街尾，這裡的工廠更大，機器聲音更吵雜，裡頭也有不少小孩在工作，那些小孩繞著機器不斷的奔跑。

尤瑩嘉真的只是看一眼，看門的人卻攔下他們：「你們想找工作對不對？」

「沒有，我只想找史蒂文生。」尤瑩嘉沒好氣的說。

「史蒂文生要的是合格技工，你們年紀不夠大，先來我們棉織廠做幾年，學點技術，只要不受傷，手腳還健全，說不定有機會。」

「不受傷？」尤瑩嘉再看一眼工廠，天窗照進的光，打在數不清的巨大紡織機上，它們煞煞作響，旋轉的機軸、奔跑的小孩，還有在機器尾端彎腰檢查的婦女，呈現出一種昏暗的感覺。

突然，一個年紀比她小的女孩，好像被什麼絆了一下，差點整個人掉進機器裡。

那個男人看了一眼，小女孩自己爬起來，拍拍身體，沒事，接著繼續看著紡織機，隨著飛梭奔跑。

「礦坑更危機，隨時會崩塌，坑裡也有積水，空氣又不好；陶瓷廠的待遇太低，不是我老喬治自誇，我的工人一天兩班，一班只做十二小時，剩下的大把時間，我請了老師來教書，讓他們上學，你們如果想讀書，就來我老喬治的廠裡學。」

史強生想知道：「那薪水……」

「講薪水多傷感情，我提供住宿，你和另一個小伙伴會有一張輪流睡覺的床，一天兩餐熱騰騰的洋蔥番茄湯，再給你吃到飽的麵包，有多少小孩搶著進我的工廠，」老喬治說到這兒，自傲的說：「人家說英國是世界的工廠，我老喬治的紡織廠就是世界的工廠，我們的棉花原料來自印度，在這裡紡成棉布，再送去成衣廠做成襯衫、外套或長褲，然後搭著我自己的船，從利物浦銷到世界各地去，英國的紡織業世界第一，你們要是進來工作，也算是為這個世界工廠奉獻自己的心力。」

尤瑩嘉謝謝他提供的工作機會，但是她不想留在這個時代當童工：工作十二小時，隨時會受傷，然後沒有薪水，連鞋子都買不起。

「謝謝，我們只想找到史蒂文生。」尤瑩嘉說。

「跟我們來吧！」一輛外型怪異的火車停在他們身邊：「我們要去比賽，史蒂文生父子也有報名參賽！」

3 雨山機車頭比賽

說它是蒸汽火車，卻和史強生搭過的觀光蒸汽火車不同。它的車頭有一臺鍋爐，是由一個爐灶、一個小臺子和板凳組成，板凳後面有一個水箱，整個裝置沒比一輛消防車大多少。

這個車頭還拖著一輛裝著煤炭的平板車，每隔一段時間，汽笛就響一次。車頭的人正說著說：「要找史蒂文生嗎？請到這輛車上來，

我們正缺小助手，考慮一下怎麼樣？」

那人個子高，一臉大鬍子，長得和他們指導老師老胡倒有點像。老胡是東方人，這人是西方人，皮膚膚色不同，但讓尤瑩嘉覺得神奇的是，他們說話口氣很像，也都愛押韻，像在唱饒舌歌。

尤瑩嘉剛點頭，那人立刻朝著後頭喊：「布蕾斯太太，快來快來，我找到兩個小孩，可以和我們一起去雨山比賽。」

車後頭有個身型嬌小的阿姨，她有一頭金髮，滿臉雀斑，看起來精明能幹：「你們叫什麼名字，從哪兒來？」

「我是尤瑩嘉，他是史強生，我們都是可能小學的學生。」

「可能小學？沒聽過，你們不是英國人吧？」

「當然不是。」史強生回答。

「最好不是奴隸船載來的……」布蕾斯太太擔憂的說。

「奴隸船載來的？布蕾斯你想太多了，他們的皮膚不是黑色！」愛立信望著這兩個孩子，和藹的笑著。

尤瑩嘉立刻就喜歡上他，知道他是個好脾氣的人，而且他的鬍子，精心修剪過，他長得簡直就像他們社團的指導老師，雖然老胡的鬍子不是金色的。

布蕾斯太太提議：「我有個一天三便士的工作，你們想不想做做看？這年頭很多人找不到工作，一個熟練的織布工，一天也只能賺這麼多。」

史強生看著眼前的那些機器，他不想把手弄髒：「我們只想找到史蒂文生。」

「那快上來吧，時間就是金錢，動作快一點，或許就能遇上他。」布蕾斯太太說。

他們半推半就的爬上車，沒想到這裡比想像大，幾個尤瑩嘉弄不清的指針忽上忽下的擺動著。

火車開始動起來了，有很多活塞上下的跳動著，鍋爐上面裝了小玻璃管，裡面有水，布蕾斯太太要尤瑩嘉負責看著它，從裡頭水的多寡判斷需不需要供水。

「別小瞧顧水的工作，在這個進步的時代，只要你有想法，你就可以做出偉大的事來，你們都聽過『珍妮機』吧？」布蕾斯太太問。

「我只喝過珍珠奶茶。」尤瑩嘉不好意思的說：「珍妮機是名牌機車，還是某款限量包包？」

「紅茶加珍珠來喝？這是什麼奇怪的想法？」布蕾斯太太得意的說：「喝茶是貴族的玩意兒，我也是有這樣的小嗜好，說不定我的身上就流著貴族的血統。對了，我喜歡在茶裡加鮮奶，這才是正統做法，喝起來滋味更好，祕訣是『牛奶要新鮮』，一般人分辨不出其中的差別，我卻能輕易品嚐出來，因為我的祖先可能是某個王室後代。」

「芋頭鮮奶也很好喝，你試過嗎？」一講到茶，尤瑩嘉很有興趣，他們家的桌遊餐廳也提供飲料和點心，「乳酪蛋糕配紅茶最好。」

「芋頭鮮奶？貴族家庭不會把東西胡亂攪和的，」布蕾斯太太建議她：「比賽結束後，我們可以一起喝點茶，吃幾塊餅乾。」

愛立信先生在火車頭上拉動幾個開關，蒸汽火車頭「煞」的一聲，大煙囪裡噴出一股黑煙，蒸汽火車動起來，發動機帶動活塞，它們開始上上下下飛舞。愛立信先生說：「珍妮機是哈格里夫斯的發明，他和太太是貧窮的織布工，工作勤奮，家裡卻很窮，即使二十四小時勞動，一家人還是覺得肚子空空。」

「那怎麼辦呢？」尤瑩嘉問。

「工作時間越來越多，哈格里夫斯像條牛一樣的活，那天他工作到凌晨三點多，累到把紡錘踢落。」

「結果就被老婆罵了？」尤瑩嘉猜。

愛立信先生笑：「哈格里夫斯發現奇蹟：平躺的紡錘變成站立，它們沒壞也沒休息，站立的紡錘需要的空間只要一丁點，他內心一片狂喜，誤打誤撞發明了珍妮機。」

「一臺珍妮機能多擺八個紡錘，從此，他的織布機比別人多了八倍產量。」布蕾斯太太很羨慕的說，「你們知道嗎？聽說『珍妮』是哈格里夫斯小女兒的名字，我希望有一天，也有人能把『布蕾斯』的名字放在機器上。」她說這話時，朝著愛立信先生眨了眨眼：「我相信愛立信先生，也有哈格里夫斯那種好運，等他哪天踢倒什麼，或是撞掉什麼，一項驚天動地的大發明就被他發明出來了。」

「他現在有發現或發明了什麼東西嗎？」尤瑩嘉很樂意幫忙：「我可以在臉書或ＩＧ上貼文！」

「臉書？」愛立信先生開心的說：「人臉變成一本書？這樣可以少砍很多樹耶！」

「愛立信先生是機器天才，他發明的東西，多得數不完。」布蕾斯太太像個嚮導，帶他們在火車頭探索，「拉汽笛的，通常是一條繩子對不對，這個可以讓你們想到什麼？」

「舊式電燈開關的繩子？我奶奶家就有！」史強生說。

「你太沒想像力，天才想法和我們不同，」布蕾斯太太得意了：「愛立信先生想到，為什麼不用更正統的英國標誌呢？想想啊，什麼東西最代表正統的英國呢？」

「難道是英國女王？」尤瑩嘉很好奇。

布蕾斯太太哼了一聲，她展示車頭上的鞭子：「這本來是一根馬鞭，用它來拉動汽笛，就像騎士用馬鞭催馬匹快跑，這是不是很英國、又很天才的想法，告訴你們，這可是愛立信先生想到的喔！」

「喔……這真是一種……一種突破。」尤瑩嘉不好意思澆她冷水。

「還有啊，火車頭的蒸汽散掉太可惜，愛立信先生在旁邊掛上小

鍋子，無論是燉雞、燉鴨、蒸魚、蒸蛋都很方便。未來搭火車的客人肚子餓時，我們還可以提供餐點，加掛一節車廂，再請個廚師，火車上用餐，那是多麼夢幻的事。」

史強生終於知道，火車上的那股魚腥味是怎麼回事了。

「最厲害的是蒸汽機，它是火車的心臟！」布蕾斯太太激動極了。

「蒸汽機？那是愛立信先生發明的？」尤瑩嘉露出佩服的神情。

「不不不，你弄錯了，我們家本來開紡織廠，工廠裡也有蒸汽機，輕便小巧，把它們借用過來，裝在這輛煤車上，這麼棒的想法，只有我家的愛立信懂！」

「我們現在，正要開這輛車參加雨山機車大賽！」愛立信先生補上一句。

「雨山『機車』大賽？」史強生問：「是摩托車大賽？」

「是『蒸汽機車』！」布蕾斯太太說：「這場比賽，看誰的車跑最快，利物浦到曼徹斯特的鐵路，就由他的車來行駛。」

「我的親親，你忘了提獎金。」愛立信先生提醒她。

布蕾斯太太嘖了一聲：「親愛的，你看我這笨腦袋，沒錯沒錯，這次比賽，第一名有五百英鎊的獎金。只是，我更想要拿到火車合約，贏了比賽，我們就可以賣火車了。」

說到這兒，布蕾斯太太看看愛立信先生：「屆時，我們要把新奇號改名『布蕾斯號』，希望大家都來買！」

工業革命跟紡紗機的影響

1764，哈格里夫斯的珍妮紡紗機問世。

紗的生產效率變高，布的價格降低。

原本的織布工需兼職當農夫，現在可以當全職的織布工。

最先採用珍妮紡紗機的人，效率提高，漸漸累積財富。

大家都想變有錢，珍妮紡紗機大賣，促進機器製造業的發展。

有人改良珍妮紡紗機，推出了第二代、第三代紡紗機。

紡紗速度更快，質量更好，獲取更多財富！

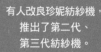

4 新奇號

「你是水量管理員。」愛立信先生指著尤瑩嘉：「你要盯著玻璃柱，只要水位掉到紅線以下，立刻補充水。」

「然後，你是火力管理員。」愛立信先生慎重的交給史強生一根鏟子：「注意火舌的顏色，如果布蕾斯拉三次汽笛，你就要趕快添加煤進去。」

「嗚嗚嗚」，布蕾斯拉動三次馬鞭汽笛，她是汽笛隊長。

愛立信先生開心宣布：「新奇號隊員到齊。」

「所以，這場比賽到底怎麼比？」只要是比賽，尤瑩嘉都很想知道規則，然後想辦法贏。

「第一輪空車跑一英里，跑完就晉級，下一輪拉著跟車頭等重的車，來回跑七十英里。」愛立信先生溫和的解釋，就像個老師般。

尤瑩嘉想到：「可是，我們只是小孩，要幫你們比賽，這樣你太吃虧了。」

布蕾斯太太說：「鏟煤工人雖然動作熟練，但是他們體重卻太重了，你們的體型剛剛好。」

「機車頭還要秤重？」史強生不太懂。

布蕾斯太太解釋：「機車頭大賽當然要算重量，要是不限制重量，大家拚命往上加，有人就占便宜啦，愛立信不想要浪費重量在一個『顧水柱』的人身上，你們幫忙鏟鏟煤、加加水，工作輕輕鬆鬆，是不是比待在工廠裡強。」

他們說話時，路邊有人招招手，一輛四匹馬拉的馬車停下來，那人走上去，關上車門。

「用馬拉的公共汽車？」尤瑩嘉覺得很好玩。

「那是公共馬車！」愛立信先生說，尤瑩嘉沒見過這種馬車，拉車的馬有紅，有白，有黑，有灰。

「我預測不久的將來，它們將會被公共『汽』車取代！」

愛立信先生說的話，好像被馬車伕聽到了，他氣呼呼的說：「你們才會被淘汰！」

這輛公共馬車很奇怪，它上頭竟然有四個馬車伕，有高有矮有胖有瘦，四個人脾氣都很壞，他們異口同聲：「馬車不用燒煤，不用添水，更不用軌道，誰淘汰誰，來場比賽才知道！」

「比賽，好啊好啊！」尤瑩嘉拍拍手：「怎麼比？」

「跑啊！讓你們見識見識四匹馬的威力！」高個子馬車伕喊聲「駕」，那四匹馬邁開步子，跑起來，瞬間就跑了好遠。

看著他們遠去的背影，尤瑩嘉催愛立信：「快點啊！」

「別急，別急！」愛立信拉動操縱桿，一邊指著史強生：「火力管理員，來點火力！」

史強生加進一鏟子煤，火舌往上竄，新奇號噴出一股濃煙，往前動了起來。

七恰，七恰！

嗚嗚嗚！布蕾斯太太拉動汽笛，尤瑩嘉看看水柱，水柱還沒什麼變化，她只要負責喊：「你這臺笨機器，你快一點，人家馬車……」

馬車只剩下一個「小點點」。

嗚嗚嗚，新奇號火力全開，它速度漸漸加快，跑順了之後，濃煙滾滾，七恰七恰七恰，公共馬車的小點點漸漸看得清了，然後它一點一點的變大。

「再快再快！」尤瑩嘉在車上手舞足蹈的，她幾乎可以聽見矮個子暴跳如雷的樣子，沒想到，火車快追過他們時，公共馬車一個大轉彎，跑上山坡，不再跟車軌並行。

馬車停在山坡，高矮胖瘦四個馬車伕瞪著他們。

「膽小鬼，我們本來會贏你們。」尤瑩嘉大叫。

「想贏？你們爬得到這裡再說吧！」胖車伕笑。

矮車伕也說：「馬車會爬坡，會走捷徑，想去哪兒就去哪兒，等你們的火車會這麼做再說！」

新奇號用幾聲汽笛向他們說再見，它聲勢驚人，發出蹦奇蹦奇的聲響，沿著軌道前進。

路邊全是紅磚屋子，一棟一棟，連綿不斷，有的看起來像工廠，屋頂有成排的煙囪，濃濃的黑煙從煙囪裡升起；有的像住家，三四層樓高，幾個孩子趴在窗戶看著他們，河邊有人垂釣，有人划船。

濃煙滾滾，史強生猜，這時代的人，果然還不知道什麼叫霧霾。

「這是蒸汽推動的時代。」愛立信先生摘下帽子，在風中揮舞著。

「其實以後還會有電腦時代。」尤瑩嘉小聲的說。

愛立信先生沒聽見，他指著鐵軌邊的河川：「運河，那是運河。」

史強生知道運河，中國有京杭大運河，埃及有蘇黎士運河，人工開挖的河就叫運河，原來英國也有運河。

運河裡有長長的船隊，那是一列運煤的船，火車追上它們，然後離這些船越來越遠。

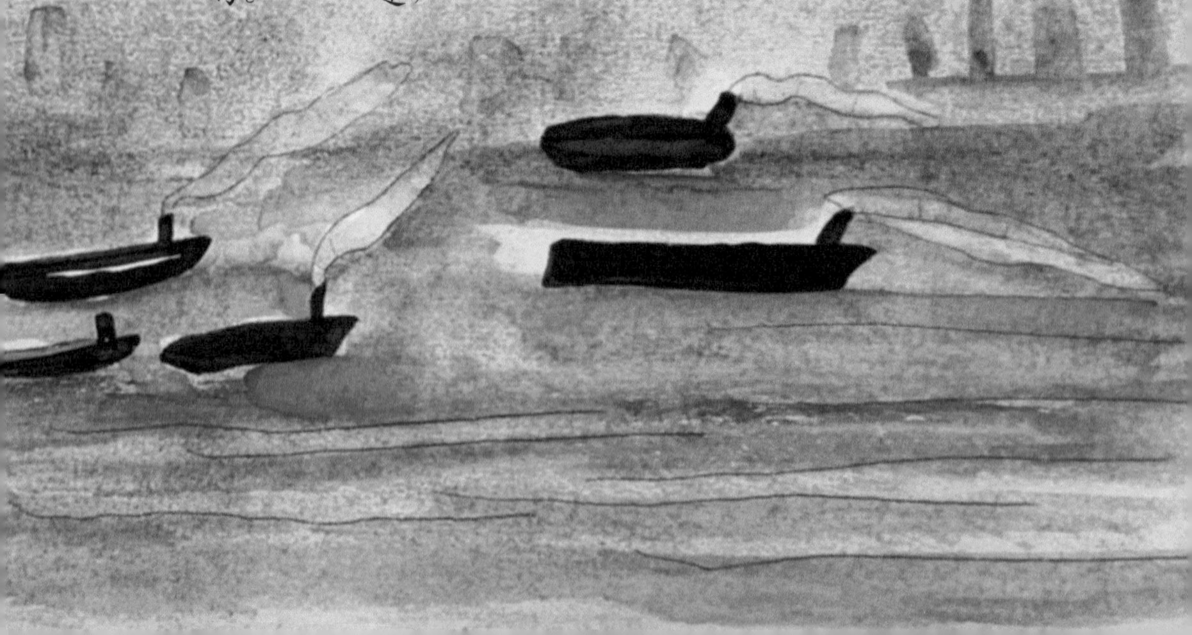

「這是走向未來的速度。」愛立信先生的聲音，跟著布蕾斯號的白煙往後飄散。

「以後會更快。」尤瑩嘉過年剛跟媽媽搭過高鐵回外婆家，「而且沒這麼吵。」

「絕對會更快，等我參加完比賽。」愛立信先生的好心情全寫在臉上：「那些運河主人，常說火車追不上他們，他們真的是太天真了，運河怎麼可能追上我們？」

「我聽說還有不少地方正在開挖河道，他們老是說運河不用鋪鐵

軌，船不用吃煤，還說浮力是最大的科學。」布蕾斯太太興奮的連拉幾下汽笛：「火車才是最大的科學，你們想想，一輛火車集合多少科學技術，照我來看，蒸汽火車，推動的不只是現在，還有未來。」

「嗚嗚嗚！」

汽笛聲響徹雲霄，尤瑩嘉看見，河邊有一大群男人，他們正沉默的掏挖運河泥砂，她朝那些人揮揮手，彷彿她現在正要搭火車要去旅行般。

河面突然有陣喧嘩，一艘運煤船不知道為什麼，轉彎時擦撞到河堤，停下來了，船上的水手「哇啦哇啦」的大叫著。

這艘船一停住，後頭的船也過不去，一艘一艘，遠遠望去，就像是……

「運河大塞船，真是奇蹟。」尤瑩嘉笑了。

布蕾斯太太說：「在這個年代，如果你不向前走，就會停在原地，阻礙大家，所以，我們不能當塞在時代裡的船。」

她拉動汽笛，給那排運煤船打氣。

布蕾斯太太的汽笛聲讓史強生想起爸爸。

史爸爸是鐵道迷，史強生曾跟著爸爸去追火車。史爸爸的照相機有超長的望遠鏡頭，能把蒸汽火車每個細節拍得清清楚楚，但是再清楚，也不可能像他一樣，坐在最原始的蒸汽火車駕駛座，不對，他現在是在幫蒸汽火車鏟煤，爸爸應該也沒做過吧？

可惜史強生手上沒相機，要是有臺相機，他就能拍下眼前這個塞船的情形……

5 美好時代快來了

「水！」愛立信先生喊了一聲。

「水？」尤瑩嘉回頭看了一下玻璃柱，哎呀，水已經掉到紅線下，幾乎到底了，她光顧著看運河塞船，沒注意到水柱，蒸汽火車頭沒有水，火車就不能動，這會兒蒸汽火車頭緊急煞了車，愛立信先生打開儲水桶，發現裡頭真的沒剩多少水。

「我們去河邊取點水，讓它往前走一會兒，等到注水區再加滿水吧。」愛立信先生讓他們帶上桶子，一起去運河取水。

運河上，那些挖泥砂的、開煤船的人正在吵架，煤船說是挖泥沙的害他們船受損，挖泥沙的說是煤船這一塞，讓他們工作不順，後頭那一長列船上的船工也在生氣，因為他們一塞，誤了大家的時間。

「趕快把船拉開吧。」一個船工大叫。

「他們不退到旁邊，我們怎麼弄？」另一艘船的船工大喊。

「聽說雨山要辦機車頭大賽，有個史蒂文生的好厲害，你們繼續吵，以後他們的蒸汽火車就快要取代你們了。」有個船工在運煤船上大喊，他全身黑黝黝，乍看以為是個黑人，細看才能看出，是他的藍色工人裝全被煤灰弄黑了。

「取代我們？哼，機車頭，又笨又呆。」被塞住的船工們，氣呼呼的說。

「機車頭還要吃煤，也要燒火？怎麼跟船比啦！」他們說到這兒，突然發現岸上的新奇號，跟著發現提水三人組。

「那個機車頭沒水了！」一個工人笑。

「沒水就不會動的笨機器。」另個工人也笑，他臉上全是黑呼呼的煤，笑起來牙齒特別白。

「你們也是要去雨山參加比賽嗎？」像黑人的船工問，然後運河兩邊的船工全都站起身來，直盯著他們，不懷好意的眼神。

史強生想提醒大家別承認，愛立信先生卻已經點頭了：「新奇號是我的最愛，我們正要去參加雨山大賽……」

砰！一塊煤炭凌空飛來，是個船工丟的：「滾！」

砰砰砰！更多煤炭被扔過來，船工們大叫：「你們快滾！」

「快跑！快跑！」尤瑩嘉跑得飛快，一顆煤炭恰好打在她的桶子上，一大半的水全潑了出去：「快啊！」

工人力氣大，煤炭扔得遠，即使他們都爬上新奇號了，還是有幾顆煤炭飛來，打得尤瑩嘉心驚膽跳。

不用愛立信先生吩咐，史強生他們那幾桶水立刻全加進水箱，史強生接著添煤，爐子加大火力，汽笛直響，在滿天煤炭「歡送」下，新奇號帶著自己噴發的濃煙，向前駛去。

「他們為什麼這麼生氣？」愛立信先生問。

「對即將失業的人來說，麵包比未來重要太多了。」布蕾斯太太拉了聲汽笛，提醒前面平原上的人，火車來了。

「砰！」

平原上傳來巨響，他們以為又是船工丟的煤炭，仔細一看，卻是個騎馬的老爺爺，他手裡有槍，朝天又開了一槍。

「砰！」

愛立信先生拉下煞車桿。

「唰！」新奇號停了下來。

「滾開！」老爺爺怒氣沖沖的吼著，他長得高大威武，一大叢鬍子像叢林般的往上豎立，生起氣來，就像個雷神下凡。

「這時代的人，怎麼一直有人要你滾開啊？」史強生很不解。

「我也不想留在這裡啊。」愛立信先生解釋。

「你們這討人厭的吐氣惡魔，你們的煙讓我鼻子過敏，你們的聲音讓我夜不成眠，你們這些吐氣惡魔，離我的莊園越遠越好。」大鬍子爺爺揮舞著長槍，好像隨時都會再朝他們開火，尤瑩嘉躲在愛立信先生後頭，催他快走。

大鬍子爺爺身邊還有一大群人，有的拿草叉，有的提鋤頭，還有人拉著幾頭羊。這群人樣子像農夫，聲勢十分浩大，他們異口同聲的喊著：

「噴火列車開過來，好馬不吃草。」

「噴火列車開過來，母雞不下蛋。」

「噴火列車開過來，母羊不生小羊。」

「咩咩咩咩！」幾隻羊恰好叫了幾聲，像在助長聲勢，於是，這群人指著新奇號：「惡魔！滾出富頓公爵的莊園，吐氣惡魔，滾出富頓公爵的莊園。」

原來大鬍子爺爺是什麼富頓公爵，他聽到這兒，又朝天開了幾槍，像是在為這些話畫下句點。

愛立信先生緊緊捏著帽子，沒說話。

「你去找利物浦鐵路公司抗議，這條鐵路是他們的。」布蕾斯太太挺直腰桿，像個小巨人：「不然去找史蒂文生也行，這條鐵路是他鋪的。」

「史蒂文生？」史強生望望尤瑩嘉，她也聽到了。

他們做的桌遊，就叫做「追殺史蒂文生」。

「找史蒂文生算帳。」愛立信先生喃喃自語著。

「我會去找他的，但是現在你們先離我的莊園越遠越好，再讓我看見你們，我可管不住我的槍。」

砰的又一聲，富頓公爵的長槍口有縷白煙飄出來。

新奇號緩緩動了。

火車一動，那群人緊跟著走，富頓公爵也騎著馬，跟了上來。

「啪，啪，啪！」

公爵的馬鞭在空中發出凌厲的聲音，那匹馬速度驚人。

那匹馬跑進軌道，在新奇號前面奔跑。

「添煤！」布蕾斯太太喊。

「啊？」史強生愣了一下。

「鏟煤啊！」布蕾斯太太過來，接過鏟子，她鏟了好多煤進爐子裡，火勢大盛：「別愣著，繼續鏟，我可不是請你來這裡發呆的！」

爐火猛烈，新奇號速度變快。

布瑟恰恰，布瑟恰恰……

火車起動比較慢，加速後就快了。

公爵的馬一開始跑得快，跑一陣子之後，

馬卻漸漸慢了下來。

眼看火車要追上公爵了，難道要朝公爵撞上去嗎？

布蕾斯太太朝尤瑩嘉眨了眨眼，尤瑩嘉興奮的拉下汽笛馬鞭。

「嗚～嗚～嗚～」

富頓公爵終於調轉馬頭，讓出軌道。

新奇號前方再無任何阻攔了，尤瑩嘉再次拉下汽笛馬鞭，嗚，

嗚，她在心裡大叫著，新奇號來啦！

6 無敵號

咕咕咕，後頭傳來一個聲音，有輛特大號的蒸汽火車，噴著滾滾濃煙追上來。

愛立信先生很紳士，拿下帽子，優雅的朝它行個禮，逗得大家都笑了。

不過，後頭的火車沒禮貌，猛拉汽笛，車上的四個駕駛員長得虎

背熊腰，如果撞上來，「小隻的」新奇號應該會很慘。

它越來越近，四個壯漢吆喝的聲音越來越清晰：

「熱火滔滔無敵號，濃煙滾滾全速到。」

「熱火滔滔無敵號，濃煙滾滾全速到。」

「他們沒看到我們嗎？」布蕾斯太太把操縱桿交給愛立信先生，舉著紅旗，爬到煤堆上頭揮舞：「危險，後面的，慢下來。」

可是，無敵號速度絲毫不減，嘈雜的聲響，像來自地獄，那寬闊的車頭有如神話裡的地獄犬。

「他們在逼車。」史強生大叫。

「別再過來了！」布蕾斯太太的聲音，在風中斷斷續續。

「砰！」

無敵號的車頭真的撞上新奇號，布蕾斯太太沒站好，她向後滾了一圈，眼看就要跌落煤車，尤瑩嘉向前一撲，死命抓住她，但是布蕾斯太太滾動的速度太快，力量過大，尤瑩嘉也跟著往前滑，滑滑滑，千鈞一髮之際，她的腳被人抓住了。

是史強生。

搖搖晃晃，兩輛火車的速度都很快。

布蕾斯太太半個身體在車外飄……

史強生也是個「體強生」，他趴在煤車上，使出他這輩子最大的力量拉住尤瑩嘉。

「你們快上來啊。」史強生大聲喝著，像在拔河比賽一樣，終於把她們拉上來。

新奇號也漸漸停下來，他們這才發現，無敵號走了，只留下遮天蔽日的濃煙。

剛才他們忙著救布蕾斯太太和尤瑩嘉，幸好愛立信先生找到這條副線軌道，趕緊把火車開進來，這才躲過無敵號的撞擊。

布蕾斯太太的衣服全髒了，煤炭也把她的臉弄得黑黑的。

「他們也要去比賽？」布蕾斯太太只關心這事。

「還沒比賽，我們就先輸了。」史強生擔心。

「但你只說對了一半，還沒比賽」，但是我們不會輸，個子大，不見得就有用……」布蕾斯太太說到這兒時笑了，黑漆漆的臉上，露出一排潔白的牙齒。

新奇號又動了起來，越往前，人越多，好像接近比賽場地了。尤瑩嘉除了眼睛得盯水錶，還得勸軌道邊的人：「後退一點，後退一點，別來撞火車啊。」

除了過年時的年貨大街，尤瑩嘉從沒見過這麼多人，她站在火車上看得遠，人真的像潮水般，從四面八方趕過來：騎馬來的人，坐著馬車來的人，走路來的人。

「利物浦鐵路公司機車大賽」的布條，掛在天橋上，那裡視線最好，也最多人。

天橋後頭是個大廣場，四周被高臺包圍，然後鐵軌由此向四周分岔出去，就像羅馬競技場。

高臺上的人擠得密密麻麻，有穿著禮服拿著小扇的富太太，戴著高帽持著枴杖的紳士，穿梭其中的是小販：賣糕點的，推車賣飲料

利物浦鐵路公司機車大賽

的，戴著小帽的報童，不斷喊著：「利物浦快報，利物浦快報！」

無敵號已經在會場中央了，四個巨漢舉著鏟子展示身上的肌肉，歡呼聲像浪潮，此起彼落，彷彿他們已經拿到冠軍了。

新奇號停妥後，也吸引了一些人，他們問題多：

「你們的火車有幾匹馬力？」

「這個鍋爐用什麼鐵打造的？」

「時速能開上二十英里嗎？」

史強生覺得這個年代的人，好像對火車都很了解，對新奇的事都很想認識，所以問題越問越深入。

愛立信先生答不出來時，一旁的布蕾斯太太會補充。讓尤瑩嘉訝異的是，布蕾斯太太從補充的角色，很快就變成主述，她講起新奇號，就像是在述說一條她最珍愛的項鍊。

遠方突然有陣騷動，好多人在說：

「是史蒂文生！」

「史蒂文生和他兒子來了。」

「是史蒂文生的火箭號啊！」

「史蒂文生？」史強生和尤瑩嘉踮起腳尖瞧，他們就是來這裡找史蒂文生的啊。

「決賽那當下，你們一定會見到他。」愛立信先生給他們一個溫暖的微笑，他笑的樣子，就像老胡，老胡烤胡椒餅時，也是這麼溫暖的笑著。

新奇號底下只剩下一個戴著灰色帽子，拿著小筆記本的人，這人下巴留著小鬍子，他問：「這輛火車能贏得比賽嗎？」

「絕對可以，」布蕾斯太太充滿自信，「它有六匹馬力。」

「無敵號有二十四匹馬力喔。」小鬍子自我介紹：「我是利物浦快報記者。」

布蕾斯太太說：「大火車需要大引擎，大鍋爐，也要更多煤炭，甚至需要……」

小鬍子問：「你們的引擎設計師是誰？」

「我先生，愛立信。」

「他設計過什麼火車呢？」

愛立信先生有點心虛：「這是我第一次設計。」

「你讀過哪個大學，或是你曾經跟過哪位大師學習呢？」

布蕾斯太太搖著手：「何必讀什麼大學呢，那些名不副實的大師，虛有其表……」

小鬍子沒讓她把話說完：「你們的資金呢？據我所知，每個參賽的團隊都有來自不同產業的支持，你們的經費和幕後的團隊是誰呢？」

「團隊呀？」愛立信先生搔搔頭。

「我意思是，是誰贊助你們呢？」記者提示他。

「當然有人贊助啊，」布蕾斯太太立刻站到愛立信先生面前：「我們有『小河紡織廠』的資金。」

這下小翡子有興趣了：「那個什麼紡織廠的主要負責人是誰呢？」

「我……我就是負責人。」愛立信先生說得結結巴巴。

小翡子一聽，筆記本一闔，立刻想走。

尤瑩嘉突然想到：「你說，剛剛訪問的人中，有誰的火車設計者擁有大學的學歷？」

「史蒂文生的兒子羅伯特啊，他就是大學畢業，還曾經去南美洲考察。」

尤瑩嘉緊跟在後頭，她也有問題：「我可以請教你一個問題嗎？」

小翡子停下腳步。

「你看過所有的參賽的車子了嗎？」

小鬍子點點頭。

尤瑩嘉想知道：「你覺得誰最有可能拿到冠軍？」

小鬍子記者先生翻翻筆記本，念了一串名字，沒有新奇號。

「難道你覺得我們不會贏？」尤瑩嘉忍不住幫布蕾斯太太問。

「嗯……如果有奇蹟的話。」小鬍子真的走了。

7 第一輪比賽

雨山火車競賽開始，新奇號率先登場。

第一輪不比速度，只要跑完一英里，就能進入下一輪競賽。

「這麼簡單？」史強生不太相信。

愛立信先生笑：「說簡單不簡單，說困難不困難，好好開車才能過第一關！」

史強生幫忙鏟煤，他喜歡這把鏟子，有工業藝術風，造型簡單實用，線條乾淨俐落，他希望比完賽可以跟愛立信先生要回去當紀念品，想到這兒，他就興奮的多鏟了幾下，火舌從爐子裡升起。

尤瑩嘉負責看著水柱，只要掉到紅線下，她就得趕緊加水，責任非常重大。這是蒸汽車啊，車子動不動，就看蒸汽足不足，為了展現必勝的決心，她眼睛都瞪大了。

只是，眼睛瞪大了，就能贏嗎？那只有天知道。

新奇號跑完一英里，布蕾斯太太再次讓出馬鞭汽笛，尤瑩嘉在強風中，拉動汽笛，宣告他們的成功。

接下來是火箭號，它經過新奇號旁邊時，史強生終於看見「史蒂文生」了。

史蒂文生的個子比大部分的人高，有點憂鬱的樣子，他的兒子留著小鬍子，站在一旁操縱蒸汽機車頭。

火箭號的速度不快，慢慢走完一英里。

接著，無敵號出場了，好多小孩追著它，聞著它噴出的濃煙大叫：「好好聞啊。」

「那是霧霾……」尤瑩嘉的提醒沒人理。

車上四名巨漢動作一致，鏟煤，添水，拉汽笛。

無敵號車頭噴發巨大的黑煙，鍋爐產出白色濃煙，它速度越來越快，跟在旁邊跑的孩子被它甩到後頭了。

當它飛快的經過天橋下，全場的觀眾齊聲大叫：「無敵號，無敵號！」

「我們輸定了啦。」尤瑩嘉不喜歡這種感覺。

「那可不一定。」史強生發現，在這片狂熱歡呼的聲浪中，愛立信先生和太太在聊天，不遠處的史蒂文生也在喝茶。他看見史強生，還朝他笑了一下。

史強生心裡砰砰砰跳，那是歷史上赫赫有名的史蒂文生耶，不過，他馬上擔心起來，按照他們設計的桌遊，誰會來追殺他呢？

史強生想過各種可能，但還想不出答案時，第一輪比賽結束。

好多輛火車的鍋爐燒掉了。

有部奇怪造型的車子走到一半就走不動了，它頑固的待在軌道上，必須由無敵號把它拖下去。

這又讓無敵號再出了一次風頭。

好多馬車也來參賽，那些馬不習慣在軌道拉車，牠們走到一半發脾氣，便跑到一旁罷工了。

「只要跑一英里就能晉級，可是竟然這麼多車被淘汰？」尤瑩嘉覺得很不可思議：「如果是我的車，我用推的也要它跑到底。」

忽然，一個報童舉著報紙跑來：「利物浦快報，兩山機車大賽最新報導！」

「嘿！有五輛車進入決賽，你們想不想知道是哪五輛？」

尤瑩嘉問布蕾斯太太：「我可以預支工資來買報紙嗎？」

「不用買！」布蕾斯太太趕走報童：「我們有記者先生啊。」

說曹操，曹操到。那個小鬍子記者先生又回來了。

尤瑩嘉記得，他剛才說除非有奇蹟，不然新奇號進不了決賽。

「所以，你是來看『奇蹟』的嗎？」尤瑩嘉問。

「新奇號是進入第二輪的五部車之一，」小鬍子爬上機車頭：「你們的速度比獨眼巨人快一點，落後火箭號一些，但是堅定號時速十五里，無敵號更達到十八里啊！」

「十八里啊……」布蕾斯太太很驚訝。

「是啊，十八里呢！」小鬍子搖搖頭，「勝負已定，除非再次發生奇蹟，好了，採訪完畢，我要去看無敵號了。」

記者先生想走，史強生也想跟去：「尤瑩嘉，去不去？」

「你們看完熱鬧，記得趕快回來。」布蕾斯太太拉住尤瑩嘉：「如果別的車有什麼祕密……」

尤瑩嘉比個OK，她和布蕾斯太太一樣——她們都想贏。

他們先看到獨眼巨人號，它的車上有匹灰馬，正無精打采的望著他們。

那輛車上沒有蒸汽鍋爐，沒有引擎，更別提火車必備的煤炭車和載水車，它的動力就來自那匹灰馬，牠站在像是跑步機的布帶上，當牠開始跑動時，布帶動了起來，變成了車子前進的動力。

瘦瘦高高的駕駛員看起來很眼熟，史強生還在想，尤瑩嘉悄悄指著一旁的人。

啊，獨眼巨人號有四個駕駛員，高矮胖瘦，就是剛剛他們遇見的公共馬車那四個馬車伕。

「拉車的馬，拉累了就改當乘客，休息夠了再下來拉車。」高的那個車伕很得意：「我們有四匹馬，牠們輪流跑，一定能贏過那些噴煙的傢伙。」

「什麼無敵號，什麼火箭號，怎麼跟馬比？」矮車伕駕駛的是匹黑馬，史強生記得牠，黑紅白灰，就是公共馬車的那些馬嘛！

矮車伕說他的黑馬叫做「強尼沒眉毛」，力氣大，應該當第一棒。

胖車伕牽著紅馬，他不同意：「『啊啊啊啊啊啊』先上場，牠跑得快。」

「原來，『啊啊啊啊啊啊』是馬的名字。」史強生笑著說。

胖車伕糾正他：「啊啊啊啊啊啊啊有七個『啊』，你的啊啊啊啊啊啊只有六個『啊』，你亂改牠的名字，啊啊啊啊啊啊啊會很傷心。」

瘦車伕不滿意：「你們都沒提到我的『來亨雞福亨』，牠是我們村裡的馬王，牠才應該跑第一棒！」

這些馬的名字，讓尤瑩嘉聽得頭昏，但這四個人一爭論，誰也不讓誰。

史強生提醒他們：「你們這麼吵，不怕祕密洩露出去嗎？例如記者……」

「不怕！」四個馬車伕同時說：「那些吃煤、喝水、乾燒火的傢伙，怎麼和馬比呢？」

高車伕指著車上的灰馬：「我的『格烈准將』一抬腿，時速就有三十英里，吃煤喝水的笨機器肯定追不上！」

「別忘了，」胖車伕還笑：「那些機車頭還得點火，慢吞吞的，我們今天就贏過一輛笨機器車。」

尤瑩嘉知道，他們說的是新奇號。

瘦車伕神氣極了：「沒實力的人才講祕密，那是弱者的行為！」

高個子車伕決定了：「啊啊啊啊啊啊啊先衝鋒，再換強尼沒眉毛追擊，我的格烈准將和來亨雞福亨做最後衝刺，這個棒次太堅強，絕對能贏過史蒂文生。」

史強生知道了，想追殺史蒂文生的，絕對有這一組人。

8 堅定號與火箭號

堅定號車頭不大，鍋爐的造型像顆大洋蔥。這裡人多，尤瑩嘉和史強生好不容易擠到前面，原來它的駕駛是幾個消防員。

觀眾對它的問題很多，除了它的造型有趣，也因為它在第一輪是第二名。

「那些管子做什麼用的？」

「為什麼鍋爐長得像顆洋蔥？」

「這個鍋爐可以燉洋蔥湯嗎？」

這些問題有的很專業，有的很好笑，堅定號的駕駛是個金髮帥哥，他負責回答：

「謝謝這位雍榮華貴的夫人，您的問題真好，您問我這個洋蔥頭造型問題，不好意思，是堅定號為什麼長得像洋蔥，這個問題，我得請堅定號首席設計師瓦特先生的鄰居『瓦片設計師』來回答。」

髮型像刺蝟的瓦片先生走上臺，他開朗活潑卻也多愁善感，從蒸汽鍋爐的運作講到洋蔥的種植方法，順帶回顧他不幸的童年生活，以及立志的少年與奮鬥的青年時光。

若不是尤瑩嘉催，史強生哪兒也不想去，他太喜歡把火車做成洋蔥造型的點子。

「我們的時間不多了。」

「瓦片先生……」史強生想請教他，但瓦片先生正把頭埋在一個婆婆懷裡，那場面太感人，引得所有婆婆媽媽一片啜泣。

「我們還要去打聽其他競爭對手的祕密。」尤瑩嘉把史強生拉出人群，堅定的朝火箭號走去。

「火箭號跑太慢了，隨便看一看，我們把時間留給無敵號。」尤瑩嘉判斷。

他們走近火箭號，史蒂文生和他的兒子正在調整機車頭，不斷爬上爬下，敲敲打打。

史蒂文生還把鍋爐打開，在那一瞬間，史強生發現，火箭號的鍋爐裡有幾十根管子繞來繞去。

「那根管子是做什麼用的呢？」他舉手問，因為新奇號的鍋爐就只是一鍋水。

砰的一聲，史蒂文生把鍋爐蓋上，意思很明顯，這是他的祕密武器，不能告訴你。

「我們還是去看看無敵號吧。」尤瑩嘉心急：「剛才他們是第一名，祕密絕對比這裡多。」

無敵號前人山人海，四壯漢還脫下工人裝，露出結實的肌肉，一旁穿禮服的女士們尖叫著，西裝筆挺的男士們則搖著頭。

但是，史強生發現一個熟悉的人影——有個大鬍子的老人就在無

敵號旁邊，好像在跟那四個壯漢交代什麼。

那個老人好面熟。

那是……

史強生還在想，旁邊有個人說：「這裡不是馬戲團。」

說話的竟然是史蒂文生。

「你說什麼？」

「這裡是機車頭比賽，不是馬戲團表演。」原來史蒂文生指的是那四個壯漢，「比賽快開始了，你們還不回去幫忙嗎？」

「你……你知道我們有參賽？天哪天哪天哪，您是史蒂文生，您竟然知道我們也有參加這場機車頭大賽，您好您好，我叫做史強生，很榮幸……」

尤瑩嘉摀住他的嘴巴，因為史強生正對著史蒂文生的背影，發出崇拜的尖叫。

尤瑩嘉說：「他都走那麼遠了。」

「我想去請他簽名。」史強生好激動。

「他是敵人！」尤瑩嘉終沒好氣的說。

「可是這個敵人卻是歷史上赫赫有名的人啊。」史強生說到『敵人』時，他突然想起來，剛剛是誰在跟四個壯漢交頭接耳了：「富頓公爵，他一定是無敵號的投資者。」

要來阻止史蒂文生拿冠軍、想追殺他的人，又多了一個人。

第二輪比賽前，布蕾斯太太叮嚀他們：「新奇號要在這條鐵軌來回跑三十趟，煤與火，缺一不可，就像我們四個人，相互合作。」

愛立信先生難得嚴肅：「已知的魔鬼比未知的好，再大的困難，也要堅持下去。」

尤瑩嘉點點頭，她喜歡比賽，如果他們拿第一，那就可以拯救史蒂文生，也能完成任務，順利回到可能小學了，這種實際參與真人活動又比桌遊更刺激了。

哨聲響起，獨眼巨人號率先出場，人們議論紛紛：

「這真是太可愛了！」

「那些馬能跑多久啊？」許多貴婦太太問。

胖車伕站在駕駛座，他向大家宣告：「我的『啊啊啊啊啊啊』，時速三十五英里的好傢伙，就是這麼跑。」

他吆喝一聲，「啊啊啊啊啊啊」開始跑起來，那輛「車」……

「獨眼巨人號」一動也沒動。

胖車伕揮舞著鞭子，嘴裡又是威脅又是怒斥，「啊啊啊啊啊啊啊」賣了命的跑，但是，那條輸送帶根本不會動。

「這是什麼車啊？」

「不會動的車啊！」觀眾們的嘲笑聲四起。

高矮胖瘦四個車伕全急了，「強尼沒眉毛」被緊急派上場，史強生記得，他們說過「強尼沒眉毛」的力氣最大，果然，牠開始跑起來，獨眼巨人號就慢慢的、慢慢的動了。

觀眾們樂了，全跟著車慢慢的、慢慢的向前走，對，是「走」。

第二輪比賽，每部車都要拉一節貨車，重量變重，慢慢的，連強尼沒眉毛也跑不快了。不管矮車伕怎麼鞭策，獨眼巨人號只能慢吞吞的

走著，比蝸牛還慢的速度。

走著走著，不到一百公尺，獨眼巨人號又停下來了。

「強尼沒眉毛累了。」尤瑩嘉說。

「還有其他的馬。」史強生爬上水箱，看得更清楚：「馬王來亨雞福亨」登場了，但牠堅持沒多久，最後輪到「格烈准將」，這匹馬脾氣大，牠竟然從獨眼巨人號上逃走了。

這下獨眼巨人號完全動不了了，後頭響起一陣汽笛。

隨著「火力全開，全力以赴。」的口號，無敵號來了，它的噸位重，按照規定，它必須拉與自己車身相同重量的貨物，史強生本來還想：這麼重，應該跑不快。沒想到無敵號噴出濃煙，拉動載滿了磚塊的車廂。

「火力全開，全力以赴。」四個壯漢喊。

「火力全開，全力以赴。」群眾跟著聲援。

無敵號像移動的冒火城堡，濃濃黑煙籠罩天空，噴出的蒸汽白煙，瀰漫四周。

「好壯觀啊。」尤瑩嘉讚嘆著。

史強生懷疑：「他們把火升那麼大，這正常嗎？」

布蕾斯太太提醒他們：「我們該準備了。」

「無敵號來回要跑二十圈。」尤瑩嘉建議：「我們先喝下午茶。」

「喝下午茶？」布蕾斯太太瞄了一眼無敵號：「拖那麼重的車廂，用那麼快的速度，再『無敵』也受不了。」

布蕾斯太太催著：「新奇號休息太久了，該動一動了。」

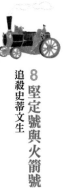

新奇號的貨車，載了兩臺織布機。

「人不能忘記自己從哪裡來，我們原本只是工廠裡的螺絲釘，現在卻能見證歷史的一刻。」

布蕾斯太太說完，史強生也把煤鏟進爐子裡。

爐火瞬間上升，鍋爐裡的水汽翻騰，尤瑩嘉搶先一步拉動汽笛。

「砰！」

尤瑩嘉嚇得臉色蒼白，她以為是自己闖禍了，抬頭卻發現史強生正指著前面。

天橋過後不遠的地方，一股黑色濃煙衝上雲霄。

幾個報童衝過新奇號：「快報！快報！無敵號鍋爐大爆炸！」

他們被機器取代了……

第一次工業革命，是以機器的發明、使用與製造為中心。「手工勞動」則是第一次工業革命首當其衝受影響的對象。工業革命使英國由一個落後的農業國一躍而為世界上最先進的資本主義工業強國，號稱「世界工廠」。觸目所及，不是燒煤煉鐵產生的滾滾黑煙，就是黑色的煤礦黑色的鐵，黑是工業革命的代表色。究竟有了機器，人們的生活會有什麼改變呢？

原始職業	工業革命後的改變
公共馬車的駕駛	還好，他可以去駕駛火車
農夫	機器取代人力、畜力，牛可以去休息
運河工	他們改成去貨運火車工作
紡織工	有了珍妮機，效率提升，上手容易
挖礦工	運煤效率提升
紡織童工、礦坑童工	他們可以上學了

想一想，故事中還出現過哪些職業？他們的工作會被取代嗎？請寫下你的想法。

工業革命後，他們的生活可能產生的改變……

原始職業或是身分	
記者	
貴族	
商人	

9 決賽

「嗚！」

「嗚！」

火箭號動起來了。

尤瑩嘉朝愛立信先生說：「獨眼巨人栽了，無敵號毀了，我們絕對不能輸給火箭號。」

「有志氣。」愛立信先生正想拉動操縱桿。

「嗚！」

旁邊長得像洋蔥的堅定號率先開動了。

這會兒，鐵軌上兩輛蒸汽火車同時開動，煙霧滾滾，觀眾都快瘋狂了。

愛立信先生也推上前進桿，布蕾斯太太則用力拉動汽笛。

嗚！

「第三輛火車。」

「第三輛蒸汽火車。」

人群歡呼，史強生也興奮的多鏟一次煤，陪著大家，朝所有的人揮揮手，他本來擔心富頓公爵會影響比賽，現在無敵號不能作怪了，四個馬車伕也不能追殺史蒂文生了。

「終於可以專心比賽了。」史強生想到這兒，又鏟了一次煤。

這回比賽拉出了三條鐵軌，三輛蒸汽火車奔馳在自己的軌道上，濃煙和煤炭味瀰漫在空氣裡。

新奇號駛過天橋時，史強生和尤瑩嘉都興奮的比個耶，因為橋上有太多人在為他們加油了。

比賽規則，每一輛火車要在自己的軌道上，來來回回三十趟，新奇號較晚出發，目前暫居第三。

尤瑩嘉想贏，她握緊拳頭，拚命的叫喊。

「你喊破喉嚨也沒用啊。」史強生大叫，火車的聲響太大，想說話都很困難。

「你多添點煤啊。」

「好啊。」

史強生想加煤，布蕾斯太太卻制止他。

「剛才無敵號是怎麼失敗的？那四個蠢男人一味的加速，最後鍋爐受不了。」

「這場比賽比的是耐力。」愛立信先生溫和的笑了：「我們先當第三，不用急。」

「他們會得第一。」尤瑩嘉很著急。

「要對自己有信心！」布蕾斯太太指揮史強生，「路程很長，維持穩定速度比較重要。」

史強生好像懂了。

他慢慢的加煤，讓新奇號穩定的追著前面兩輛火車的白煙。

堅定號和火箭號始終僵持不下。

有幾次，火箭號領先，堅定號的消防員跳到車頭，東摸摸西摸摸，好像在施魔法，於是，堅定號嗚嗚嗚追上去。

堅定號勉強追得上，但贏不了，比賽膠著了好久。

前面有土坡，堅定號只領先一點，這個爬坡很陡，堅定號發出長長的汽笛聲，恰奇恰奇恰奇恰奇的加快速度，從煙囪裡，冒出一團又一團濃煙。

史強生猜，那些鏟煤的消防員這會兒應該也配合這個速度，正飛快的加煤。

但火箭號不急不徐，跟在後頭，輕巧的爬上坡，感覺一點兒也不費力。

恰奇恰奇恰奇恰奇，堅定號更賣力了，整個車頭幾乎都在發抖，汽笛聲大作，濃煙接連吐出幾個圓圈，恰奇恰奇恰……奇，就在它幾乎要爬到最頂端時，它竟然慢了下來。

越爬越慢。

越爬越……

火箭號輕輕鬆鬆超過它了……

原先落後的新奇號也追過它了。

堅定號的消防員跳到車頭，一手拉著汽笛，一手朝他們揮著：

「各位，加油，前面的路還遠，祝你們一路順風。」

「他們的煤加得太快，也太多了。」愛立信先生一邊走過來看看新奇號的爐子，一邊說：「煤炭放太多，燃燒不完全，那些煙全都是黑色的，當然越爬越沒力。」

「他們是消防員，只會救火，不會開火車。」布蕾斯太太眼睛直盯著水位表：「剩下的水應該夠我們衝過去。」

這時天邊落下一道閃電，雷聲緊接而來，山頭有烏雲。

前面就是加水站，火箭號停了下來。

愛立信先生卻決定讓新奇號加足馬力，用最快的速度，蹦奇蹦奇飛快的衝過去。

「我們不停下來加水嗎？」尤瑩嘉望著水位表，「我們的水位也很……」

「這是我們的祕密武器。」布蕾斯太太的頭髮在風中飛舞，「這臺用的是紡織機專用的蒸汽火車頭，使用的水並不多，我們只要省下一次加水的時間，就能比他們更早到終點。」

「這樣水夠嗎？」尤瑩嘉更擔心了。

「我算過了，夠！」布蕾斯太太的聲音幾乎壓過新奇號上所有的聲響。

「轟隆！」

雷聲更近了。

新奇號駛過火箭號旁邊時，史蒂文生在笑，意味深長的笑著。

大雨來了，雨一下來就很瘋狂。

「他一定以為我們也犯錯了。」布蕾斯太太拉了一聲長長的汽笛，留下仍在加水的火箭號。

「注意水位變化。」布蕾斯太太提醒。

「還有一半多一點點。」尤瑩嘉報告。

布蕾斯太太的臉上都是雨水：「我們的引擎噸位小，消耗的水比較少，所以我們可以多堅持一個來回才加水，只要少加一次水，就多了六分鐘的時間……」

「那我們就可以比火箭號跑更遠。」尤瑩嘉快樂的說，彷彿他們已經拿到冠軍了。

機車大賽特別報導 利物浦快報

大賽結果出爐 !!

記者 瓦斯．赫赫叫（預測）報導

由利物浦鐵路公司主辦的第一屆雨山機車大賽，已成功完賽，由史蒂文生與他兒子羅伯特駕駛的火箭號奪得冠軍，獲得五百英磅獎金。曼徹斯特到利物浦的火車路線，這是世界上第一條連接兩座城市的鐵路，也將以此機型作為動力。

史蒂文生父子與火箭號大放異彩。果真是虎父無犬子，火箭號為羅伯特．史蒂文生設計。

雨山這場比賽共吸引了一萬到一萬五千名觀眾，為這個嶄新的運輸時代做見證。本次比賽參賽者有來自世界各國的工程師與鑄鐵工，第一輪的比賽只要能在鐵軌上跑一英里即可進入決賽，現場可以看到各式各樣的機車頭，記者見到最特別的為獨眼巨人號，採用馬匹當做動力來源，也有手動車，以人力驅動。

最後有五輛車進入決賽，參賽機車要在一點五英里長的軌道上，載著相同重量，跑十趟來回，稍事休息後，加水添煤後再跑，火車運行的總長度是曼徹斯特到利物浦的往返距離。

其中無敵號非常巨大，超過比賽規定的六噸重，雖允許參賽，卻因鍋爐爆炸退下陣來；最被看好的新奇號，因為參賽者把它拆裝後重組，在比賽最後階段，鍋爐黏合的接縫處崩裂了，斷送了大好機會。最後是由史蒂文生與他兒子羅伯特開著火箭號，駛進了成功的大門，這輛漆成郵車樣式的機車頭，除了拿下冠軍，並成為此世界第一條兩城市間的火車路線指定機車頭。

當火箭號拿下冠軍時，現場一萬多名觀眾發出的尖叫聲，把富頓公爵的馬給嚇了一跳，牠嚇得狂奔，富頓公爵因此跌下馬匹，他在醫院治療受傷的臀部時堅定表示，他一定要向當天發出歡呼聲的群眾提出告訴。

10 追殺史蒂文生

史強生回頭眺望，原野冒出白色濃煙，火箭號追來了。

「火！注意煤炭。」布蕾斯太太也發現了。他們比火箭號多了六分鐘可用，但火箭號的速度，卻比他們快，如果用數學來算……

這種數學題，可能小學的數學大門出過。

假設有兩列火車，甲車時速九十公里，乙車時速八十公里，兩車在平行軌道上同方向前進，若乙車先行駛六分鐘後，甲車開始追擊，請問甲車什麼時候能追上乙車？

這題目不難，史強生是解題高手，只要算出乙車先跑多少距離，再用甲乙車行駛一分鐘差距的公里數，一除，答案就算出來了。

史強生是歷史最強小學生，但他的數學科成績……

他還在計算，而火箭號追擊的速度卻比他計算的速度更快，在被雨淋得快睜不開眼的視線裡，緊追他們的濃煙，由遠而近，讓人心跳加速，血脈賁張。

來了，來了。

布蕾斯太太狂吼，她的聲音全被雨幕遮蔽。

「火爐！」她大叫。

史強生加快鏟煤的速度，火舌在風雨中狂舞，那力量讓整列車都在顫抖。

恰奇～恰奇～

尤瑩嘉驚恐的盯著水位表，火車跑得越快，水柱的水位就降得更快，她大叫：

「水快沒了。」

蒸汽火車沒有水，那就沒有蒸汽，沒有蒸汽，火車

就跑不動了。

只要新奇號一停，火箭號就追上來了，但他們還得等這趟跑完，回頭才會遇到加水站，尤瑩嘉被雨水淋到眼睛都睜不開了，不過她仍不放棄，一隻手攀在水箱上，希望找到……

「哪裡有水？」她大叫。

史強生用力把臉上的水撥掉：「這不就是水嘛？」

傾盆大雨，就是老天送的大水，他和尤瑩嘉合力打開水箱蓋，那塊傾斜的蓋子，成了收集雨水的利器，大雨滂沱，暢快的流進水箱。

只要維持這個速度抵達了折返點，再堅持一下……

奇恰奇恰奇恰……

奇恰奇恰奇恰……

六分鐘可以走好遠的路，他們看著後頭，火箭號的濃煙升起來了，它開始追上來了。

「但我們卻跑得比較遠……」布蕾斯太太握緊了拳頭，愛立信先生加足了馬力，史強生奮力的把煤鏟進去，那火舌在風雨中，開心的跳著舞。

水柱持續維持在高檔，這真是一場及時雨，尤瑩嘉想著他們快要打敗史蒂文生，完成任務時，新奇號正走在運河邊，不久，火車經過一排樹，好幾個黑衣人從樹上跳下來。

他們的速度快，一個搶了愛立信先生的位置，亂拉那些操縱桿，一個要了史強生的鏟子，關上火爐的門，不讓他再把煤鏟進去，還有幾個人甚至圍著布蕾斯太太亂叫，其中一人還扯著馬鞭汽笛，讓新奇號嗚嗚嗚的亂叫。

「你們到底想幹麼？」尤瑩嘉很生氣，瞪著他們，那群人全身黑漆漆，還赤著腳，她突然想到：「你們是那些船工？」

比賽前，他們在運河遇過這群船工，他們擔心火車會搶了他們的工作，所以……

「史蒂文生在哪裡？」

「我們要把他趕下去。」

「你們要找史蒂文生？」尤瑩嘉很生氣：「他在後面那輛火車啊。」

「別騙我們，你們明明跑在最前面，只有史蒂文生的車才會在前面。」新奇號這下完全停止了，帶頭的船工很得意：「看到沒有，蒸汽火車就是這樣，太麻煩了，又要燒煤，又要吃水，還是我們運河的船最好。」

「還是運河的船最好。」這群人爆出一陣歡呼：「我們擊敗史蒂文生了，我們擊敗史蒂文生了！」

「史蒂文生？就跟你們說了，史蒂文生在後面那輛車上。」尤瑩嘉大叫，她指著後頭，大家都看到了，火箭號從遠方的一個小點，漸漸清晰，漸漸變得巨大，然後像風一樣經過他們了。

車上的史蒂文生還朝他們揮揮手，在大雨中朝他們行個紳士禮，奇恰奇恰奇恰，加快速度離去，只留下一陣煙霧。

黑天昏地，史強生還在問那些船工：「你們為什麼不跳過去？他是史蒂文生啊！」

「那速度……那速度太快了。」好像是帶頭來的船工說。

「那是火車的速度。」有個船工說：「追不上了，我們追不上了。」

「我們還是去找別的工作吧！」更多船工說，這麼大的煙，嗆得人難受，尤瑩嘉還想贏，她喊：「嘿！你們先別走啊，先幫忙讓火車動起來啊！」

沒人回她的話。

這煙久久不散，史強生發現風雨都停了。

尤瑩嘉伸手摸索，她祈禱有奇蹟，讓新奇號再跑起來：「愛立信先生？布蕾斯太太？」

她喊，沒人回答，她很不服氣，明明他們剛剛就快贏了。

「不可能吧！」煙裡有聲音，是史強生。

「什麼不可能？」尤瑩嘉問。

「我們回來啦！」史強生說。

煙霧漸漸散掉，尤瑩嘉找不到愛立信先生和布蕾斯太太的身影，而她站的地方，竟然是社團成果發表展的那輛蒸汽火車。

和新奇號比起來，這輛火車又大又雄偉。

新奇號不見了，他們就在蒸汽火車的臨時車庫裡。

「我們怎麼回來的？」尤瑩嘉問：「我們有完成任務嗎？」

「那些船工本來想破壞史蒂文生的火車。」史強生想。

「結果跳錯車？」尤瑩嘉搖搖頭：「可憐的布蕾斯太太，她多想贏得比賽啊。」

前面有兩個人影朝他們走來，她正在想是不是布蕾斯太太和愛立信先生，仔細一看，不對，是身材和愛立信先生差不多的老胡，他帶了一個人走過來。

那人戴著帽子，手裡拿著筆記本，老胡說：「這個記者先生想採訪你們，他對你們的『追殺史蒂文生』很有興趣。」

「他要報導我們設計的桌遊？」如果是平常，尤瑩嘉應該會很開心，那是她推廣桌遊社的好機會，但現在，她只想跟老胡說：「我們去了工業革命時代。」

老胡搖搖頭：「又在胡說了，先讓這位先生採訪你們，我得先去學生餐廳做胡椒餅，沒空跟你們搞革命。」

「老師，不是革命，我們是到了英國。」尤瑩嘉解釋。

「那應該是一八二九年左右。」史強生補充：「我們遇到史蒂文生，還參加一場火車頭大競賽。」

老胡搖搖頭：「最好是啦，現在是怎麼回事啊，記者先生，不好意思，今天這兩個學生有點怪怪的。」

記者先生拿出照相機，要他們擺好姿勢，閃光燈啪啪啪，記者先生的筆記本裡，寫得密密麻麻，但他說話的聲音，卻讓史強生和尤瑩嘉忍不住互相看了一眼。

「你該不會就是『那個』記者先生吧？」

「我本來就是記者啊。」這個記者先生除了嘴巴也有小鬍子，連說話聲音都很像。

「我是說，那個我們在雨山機車頭大賽上，遇到的記者先生？」史強生問。

「工業革命？英國？」記者先生笑了：「那怎麼可能嘛？」

「你可能不知道，」史強生和尤瑩嘉有志一同：「在可能小學裡，沒有不可能的事啊！」

絕對可能會客室

英國人瓦特改良蒸汽機後，帶來機器協助生產的的轉變。後來，隨著蒸汽輪船、蒸汽火車、電報機、汽車的發明與改良，人類的生活也受到極大影響。其中，鐵路之父喬治·史蒂文生究竟是在怎樣的契機之下，踏上蒸汽火車的設計之路呢？就讓他親自現身說法，告訴我們他經歷哪些努力，最後才走向成功的道路吧！

主持人：尤瑩嘉、史強生

本次可能來賓：喬治·史蒂文生

：在可能小學裡，沒有不可能的事，我是主持人尤瑩嘉。

：在可能電臺裡，沒有邀請不到的人，我是主持人史強生。

：歡迎今天的可能來賓——鐵道之父——喬治．史蒂文生。

（背景音樂）

（罐頭掌聲加尖叫）

：謝謝兩位主持人，謝謝電臺前的聽眾，謝謝可能小學，終於輪到我來可能會客室了。

：各位親愛的聽眾，我現在手上就有一張英國1990年發行

的五英磅紙鈔，上面就是今天的可能來賓——史蒂文生先生的肖像，太興奮了，史蒂文生先生跟鈔票長得一模一樣耶。

：尤瑩嘉，人怎麼會長得跟鈔票一模一樣啦，他又不是一張紙！

：不好意思，我太開心了，請史蒂文生先生不要生氣，這張鈔票背景就是火箭號耶。

：我知道英國把您放在鈔票上，是因為您建造世界上第一條公共鐵路，發明了有實用價值的蒸汽機車。蒸汽火車在第一次工業革命是很關鍵的因素，尤其是火箭號。

：火箭號啊，雨山火車大賽的機車頭！我兒子羅伯特還從南美趕回來幫我，我們父子合作，有許多創新的設計，像是多管

鍋爐，可以增加動力；還設置多條貫通鍋爐兩端的銅製水管，增加鍋爐內水的受熱面積，才能獲得更多的蒸汽，我們的火箭號在最後開足馬力，時速到了四十八公里，火箭號在那時，真的就像火箭一樣。

：具有時代意義。

：我聽說您是火車的發明人？

：里查．特里維西克（Richard Trevithick）他才是第一個製作蒸汽機車的人，可是他的機車速度很慢，那時鐵軌強度不足，機車頭一放上去，鐵軌就斷了，我比他慢了十幾年，才讓機車頭在鐵軌上跑，時速也只有6.4公里，對了，為了讓機車頭不會壓壞鐵軌，我有去研究鋼材，加強鐵軌的強度。

：（拍手）我覺得您真的好有研究精神，每一項事情都願意花時間去了解、改良。

：雖然不是火車發明人，但我知道大家都稱您為鐵路之父，因為全世界標準的鐵軌軌距「1.435 米」，就是根據您鋪設的軌距而定下來的。

：這沒什麼吧？蠻荒草地，總要有人第一個走，我走過，後面的人就好走多了嘛。

：可以跟我們小朋友講講您的小時候嗎？

：像您這樣的偉人，小時候是不是都有一段悲慘的童年？

：我是礦工之子，家裡貧困，沒去上學，這樣悲慘嗎？

：好悲慘啊！

：（笑）我跟著父親在礦坑操作蒸汽機，把蒸汽機構造摸得一清二楚。有一天，大家都走了，我沒走，我突然想把蒸汽機全折了看看裡頭構造。

：你不怕被罵？

：怕啊，但是就是想看看，折不難，裝比較難，裝完了，又擔心第二天蒸汽機壞了，整個晚上沒睡覺。

：如果蒸汽機不會動，您就糟了。

：還好，第二天一發動，蒸汽機運轉如常。還有一次，礦坑蒸氣機壞了，水抽不出去，大家束手無策時……

：我猜，是您修好的？

：礦場老闆看我成功修好機器，就讓我當技師，負責礦區所有的蒸汽機。

：礦區為什麼需要蒸汽機？

：早期的蒸汽機是固定的，負責抽礦坑積水。

：請問，礦坑蒸汽機跟火車怎麼會有連結？

：那時挖出來的煤，必須由馬拉著鐵軌上的臺車去運送，我一直在想，怎麼把蒸汽機改成火車頭引擎，那就能取代獸力。我剛開始做的火車，真的就像「火」的車子一樣，它們前進時，煙囪會不斷冒出火來，把經過的樹都燒焦了。

：那真是太危險了。

：工程師的個性就是不怕問題，遇到困難就解決嘛，我發明了蒸汽鼓風法，讓鍋爐的燃燒室形成負壓，改善通風條件，提高燃燒效率，機車速度提高，也不會再冒出火來，只要勇敢面對問題，天大的困難，都能解決的。

：我要筆記下來，「遇到困難就解決」，我記得書裡提過，當時很多人反對興建鐵路。

：反對派主要是運河公司，他們四處散布謠言，說火車經過時，那些煙、震動，會讓沿路的雞不下蛋，牛無法產奶……

：這我記得，他們還去抗議。

：他們白天抗議，我們就晚上施工嘛，那時還有鐵路公司的人，竟然去支持建一條用馬拉的鐵路線。

：用馬拉火車的路線？這也太好玩了。

：今天跟史蒂文生先生學了好多。

：我也要學習這種精神，遇到問題就解決，沒什麼好怕的，相信我們桌遊社，一定也會招到更多社員，成為可能小學最棒的社團。

：史蒂文生先生難得來一趟，有決定等一下去哪裡走走嗎？

：我已經訂了高鐵票，我從沒搭過時速超過二百公里的車，我想體驗一下，說不定有機會幫它跑得更快！

：謝謝史蒂文生先生的光臨。

：也祝您旅途「超」快！

：謝謝兩位小朋友，也謝謝可能小學！

：在可能小學裡，沒有不可能的事。

：在可能電臺裡，沒有邀請不到的人。

：我是主持人尤瑩嘉，想報名再度神奇桌遊社的同學，可以利用週二社團時間來找我們喔。

：我是主持人史強生，可能小學電臺，絕對可能會客室。

：下週見。

作者的話

回到讓世界天翻地覆轉變的瞬間

在可能小學裡，沒有不可能的事。

頭一回寫這套書，還是我當導師的時期，那時班上的孩子，每次月考，其他科都還好，社會卻一考就倒。上社會課的主任很認真，一堂課四十分鐘，他幾乎沒休息的講故事、舉例子，奈何多半的小朋友因為背景知識不足，很多地方沒去過，大半人名沒聽過，一上社會課就去夢裡向周公請益。

我因此興起一個念頭：把社會教室搬到歷史中。

跟乾隆下江南，看京杭運河的運作；跟岑參遊玉門關，看看唐朝選拔美女；進金字塔了解古埃及文化，到羅馬競技場看看角鬥士怎麼訓練……

聽起來熱血，寫起來也很過癮。

可能小學因此誕生，而且寫得欲罷不能。

只是，我們身處的社會，並不是一直這樣的。

往前也不過一百多年前的世界，還有皇帝；而兩百多年前的世界，沒有機器。再往前一點，歐洲中古時代，宗教牢牢的控制人們的思想，那時的人們，相信地球是平的，想買一點胡椒，要花好多錢。

從遠古到那個年代，世界變化沒那麼快，人們日出而做日落而息，相信今天和明天都一樣。

後來，發生什麼事情，讓世界有了天翻地覆的轉變，我們變成現在的我們？

〈可能小學的西洋文明任務II〉系列，就把目光對準那段時間。

十五～十七世紀的航海時期與地理大發現時代，和我們很有關連，「福爾摩沙」的名稱是經過臺灣的葡萄牙水手喊出來的，荷蘭人甚至在臺南建立熱蘭遮城，把臺灣的水鹿皮賣到日本，將南洋香料載回去。

地理大發現，從葡萄牙的亨利王子開始，他設立世界第一所航海學校，改良海船，鼓勵葡萄牙人往外探險。那時，數百人的船隊出門，要忍受海上孤獨，因為水果青菜攝取不足，敗血症的威脅時時都在，加上暴風巨浪、未知世界的挑戰，幾百人的船隊，回來往往只有數十人。

但也幸好有他們，地球的空白地區被人「發現」了，東西南北的交通便利了，奇花異果和香料，再也不是貴族的專利品。

如果能回到大航海時代，會怎麼樣？

大家都喜歡文藝復興，羅浮宮蒙娜麗莎的微笑、佛羅倫斯的大衛像，都是當時留下的作品，文藝復興源自義大利的佛羅倫斯，那時的梅第奇家族，既是銀行家，也是佛羅倫斯的掌權者，聖母百花大教堂就是他們家族出資興建，除了教堂，他們還支持種種藝術活動，文藝復興三傑達文西、米開朗基羅與拉斐爾，能創作出那麼多好作品，和他們家族的關係都很深。

但是，文藝復興真的那麼美嗎？

跟著可能小學，回到那時大衛像剛刻好，準備運到皇宮前，米開朗基羅即將進入人生的高光時刻，但是他曾經的仇家找上門，委託他雕刻的主教大人有意見，而維持秩序的公爵大人是收保護費的，要是他撤兵，佛羅倫斯就會引來外患……

回到文藝復興時代去走走，小朋友會發現：打開歷史來看看，有這麼多意想不到的驚奇。

二百多年前，法國還是君主專政，歷任的國王彷彿都是天選之人，就像我們相信皇帝是「上天的兒子」，他們一代傳一代，負責管理人民。

直到法國大革命打破階級制度，證明管理人們的國王其實也是人。以往高人一等的貴族，當然更是人。

平凡的百姓向統治階層發出怒火，人人平等，我們不要再被你們剝削了。革命的浪潮，向世界各地湧去，各地的國王、皇帝和大公們，走下王座（龍椅），走入人群，這才有了我們現在的民主制度。

還有還有，蹦奇蹦奇駛來的蒸汽火車，加速工業革命的進步，在那個熱火朝天機器隆隆作響的年代，人們把「時間就是金錢」掛在嘴邊，機器取代人力，煙囪冒出來的濃煙，象徵一個新時代的開始。

如果沒有工業革命，說不定現在的孩子，依然在農場、莊園裡工作。還好有了工業革命，商品變便宜了；還好有了地理大發現，生產的東西可以送到世界各地；還好有了法國大革命，我們一人一票選總統，世界再也不是國王說了算；還好有了文藝復興，人們開始注意到我們生而為人，把目光放在怎樣讓人能做更好的人。

穿越時空，回到那些變動劇烈的時代，除了佩服前人的努力，孩子們更能珍惜我們現在擁有的一切，知道它們得來不易，因此更值得好好珍惜！

歡迎跟著可能小學的腳步，我們一起回到那些年代！

可能小學的西洋文明任務 II ———— 4

追殺史蒂文生

作者｜王文華
繪者｜李恩

責任編輯｜楊琇珊
封面設計｜也是文創有限公司
電腦排版｜中原造像股份有限公司
行銷企劃｜洪筱筑

天下雜誌群創辦人｜殷允芃
董事長兼執行長｜何琦瑜
媒體暨產品事業群
總經理｜游玉雪
副總經理｜林彥傑
總編輯｜林欣靜
行銷總監｜林育菁
主編｜李幼婷
版權主任｜何晨瑋、黃微真

出版者｜親子天下股份有限公司
地址｜台北市 104 建國北路一段 96 號 4 樓
電話｜（02）2509-2800　傳真｜（02）2509-2462
網址｜ www.parenting.com.tw
讀者服務專線｜（02）2662-0332　週一～週五：09:00~17:30
傳真｜（02）2662-6048　客服信箱｜ parenting@cw.com.tw
法律顧問｜台英國際商務法律事務所・羅明通律師
製版印刷｜中原造像股份有限公司
總經銷｜大和圖書有限公司　電話：（02）8990-2588
出版日期｜ 2023 年 9 月第一版第一次印行
定價｜ 350 元
書號｜ BKKCE036P
ISBN ｜ 978-626-305-566-7（平裝）

訂購服務
親子天下 Shopping ｜ shopping.parenting.com.tw
海外・大量訂購｜ parenting@cw.com.tw
書香花園｜台北市建國北路二段 6 巷 11 號　電話（02）2506-1635
劃撥帳號｜ 50331356 親子天下股份有限公司

國家圖書館出版品預行編目資料

追殺史蒂文生／王文華文；李恩圖 . -- 第一版 . --
臺北市：親子天下股份有限公司 , 2023.09
148 面；17X22 公分 . --（可能小學的西洋文明任務 . II；4）
國語注音
ISBN 978-626-305-566-7（平裝）
863.596　112012991